U0562250

慢悠悠的压路车

[日] 小出正吾 文
[日] 山本忠敬 图

赵峻 译

北京联合出版公司

压路车开动笨重的身体，走在路上。

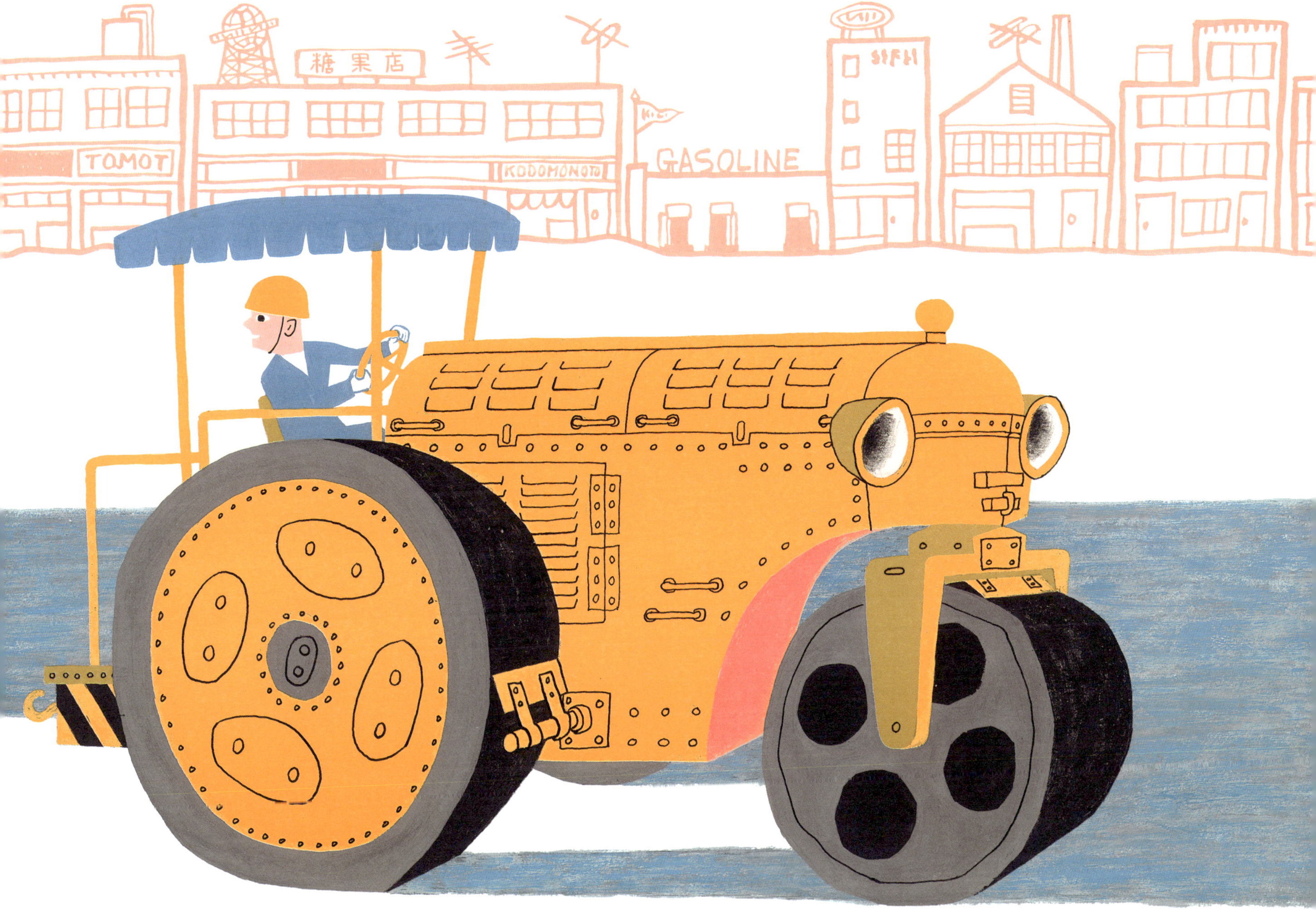
糖果店
TOMOT
KODOMONOTO
GASOLINE

吭吭吭,

从后面来了一辆大卡车。

卡车说:"挡路了,挡路了。

让一让,让一让!"

他教训着压路车,超了过去。

请绕行
国道
166
ROUTE

轰隆轰隆轰隆，
压路车开动笨重的身体，
慢慢地、慢慢地走着。

嘟嘟嘟,后面来了一辆豪华轿车。
"喂、喂,慢吞吞的压路车。让一让,让一让,哈哈哈……"
他笑着超过了压路车。

轰隆轰隆轰隆，压路车走着，把坑坑洼洼的路轧平。

嗖嗖嗖，后面来了一辆小汽车。
"我先走啦，压路车。
不知道你要去哪里，可照这个样子，太阳落山也到不了。"
他嘲笑着慢悠悠的压路车，唰地超了过去。

罗拉巧克力

绘本

轰隆轰隆轰隆,压路车还是慢慢地开动笨重的身体,
把路一点点地轧平。

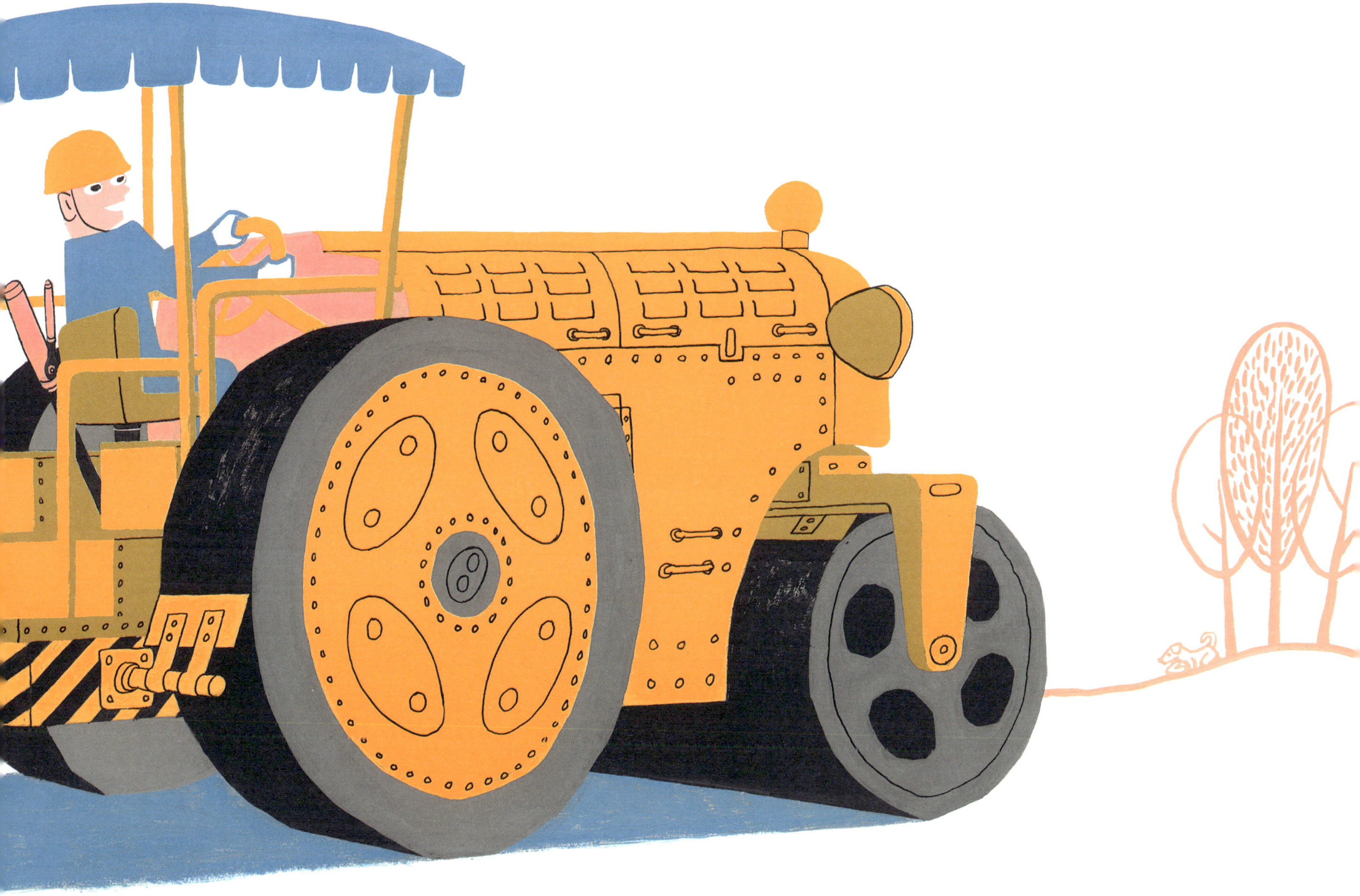

轰隆轰隆轰隆,
压路车慢慢地爬着坑坑洼洼的坡道,
看到刚才的大卡车停在山脚的路边。
"卡车,你怎么啦?停在山脚,是累了吗?"压路车问。
"路坑坑洼洼的,爆胎了。得歇一会儿,我在修轮胎呢。"
卡车流着汗,叹着气说。
"哎呀,那可真是太糟糕了,修好了再上路吧。"

压路车说着,轰隆轰隆轰隆,慢慢地爬着坡道。

うG234

14

在半山腰的路边,豪华轿车正在休息。
"轿车,你怎么啦?是爬坡爬累了吗?"压路车问。
"路坑坑洼洼的,爆胎了。得歇一会儿,我在修轮胎呢。"
豪华轿车冒着热气,叹着气说。
"那真是太头疼了,赶紧修好再上路吧。"
压路车说着,轰隆轰隆轰隆,慢慢地接着爬坡。

在山顶观景台的路边，趴着小汽车。

"小汽车，你怎么啦？在观景台看风景吗？"压路车问。
"路坑坑洼洼的，爆胎了。得歇一会儿，我在修轮胎呢。
我最怕坑坑洼洼的路了。"小汽车摇晃着身子哭了。
"那真是太让人难过了，加把劲修好再上路吧。"
压路车说着，轰隆轰隆轰隆，慢慢地走在山路上。
坑坑洼洼的路一点点地变平了。

压路车流着汗,一边轧平道路一边往前走。
咣咣咣,后面来了大卡车。
卡车说:"哎呀呀,谢谢你,压路车。
你把坑坑洼洼的路弄平了,真是谢谢你!"
修好了轮胎的卡车鞠了个躬,走了。

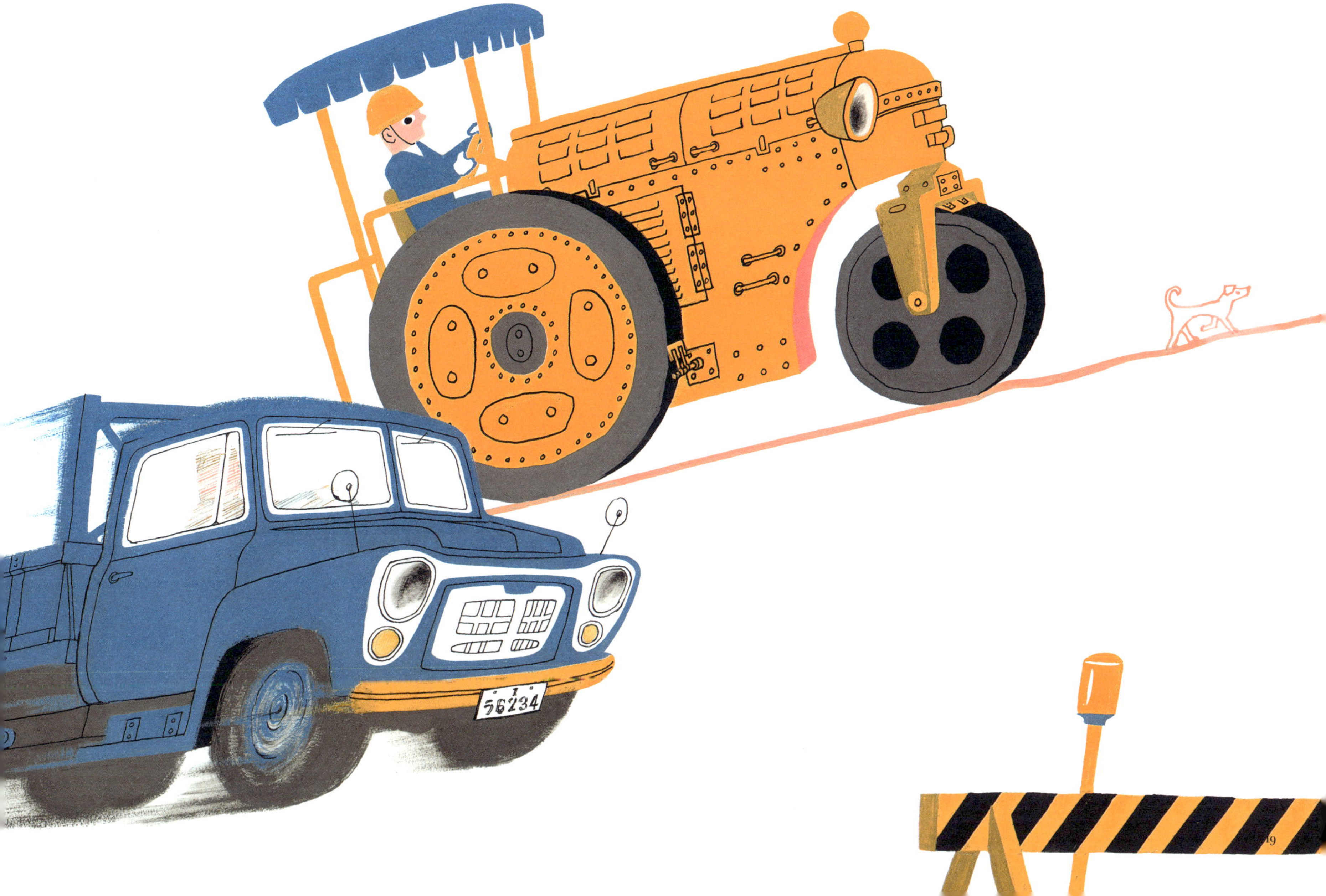
1
56234

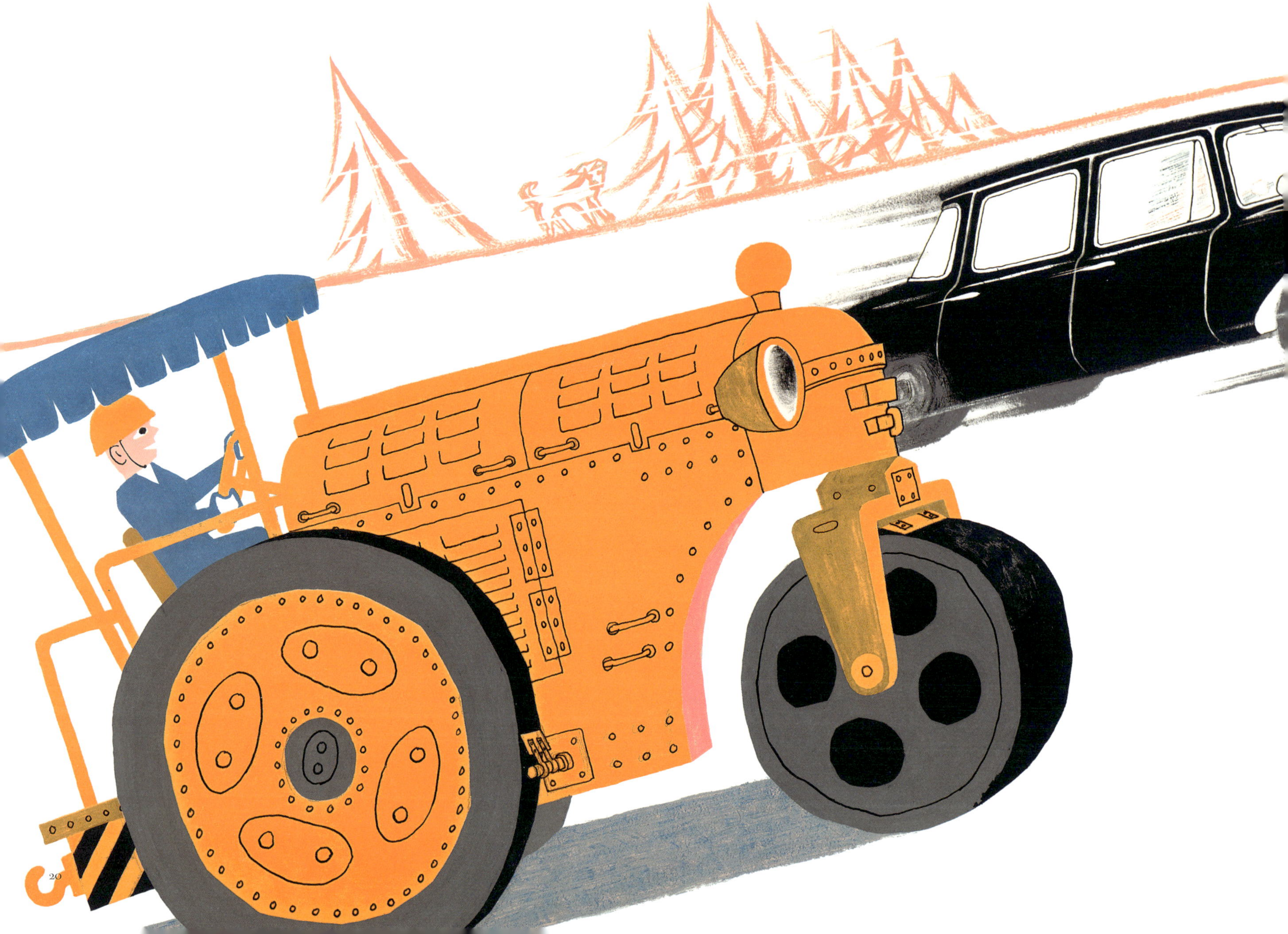

嘟嘟嘟,后面来了豪华轿车。
"刚才我嘲笑你慢吞吞,真是对不起,压路车。
多亏你修好了坑坑洼洼的路,真是谢谢你!"
修好了轮胎、又快又气派的豪华轿车道着谢,走了。

突突突,后面来了小汽车。

"我刚才耍威风,真对不起。因为有你,路才变得这么棒。真是谢谢你,压路车!"说着,他精神百倍地开走了。

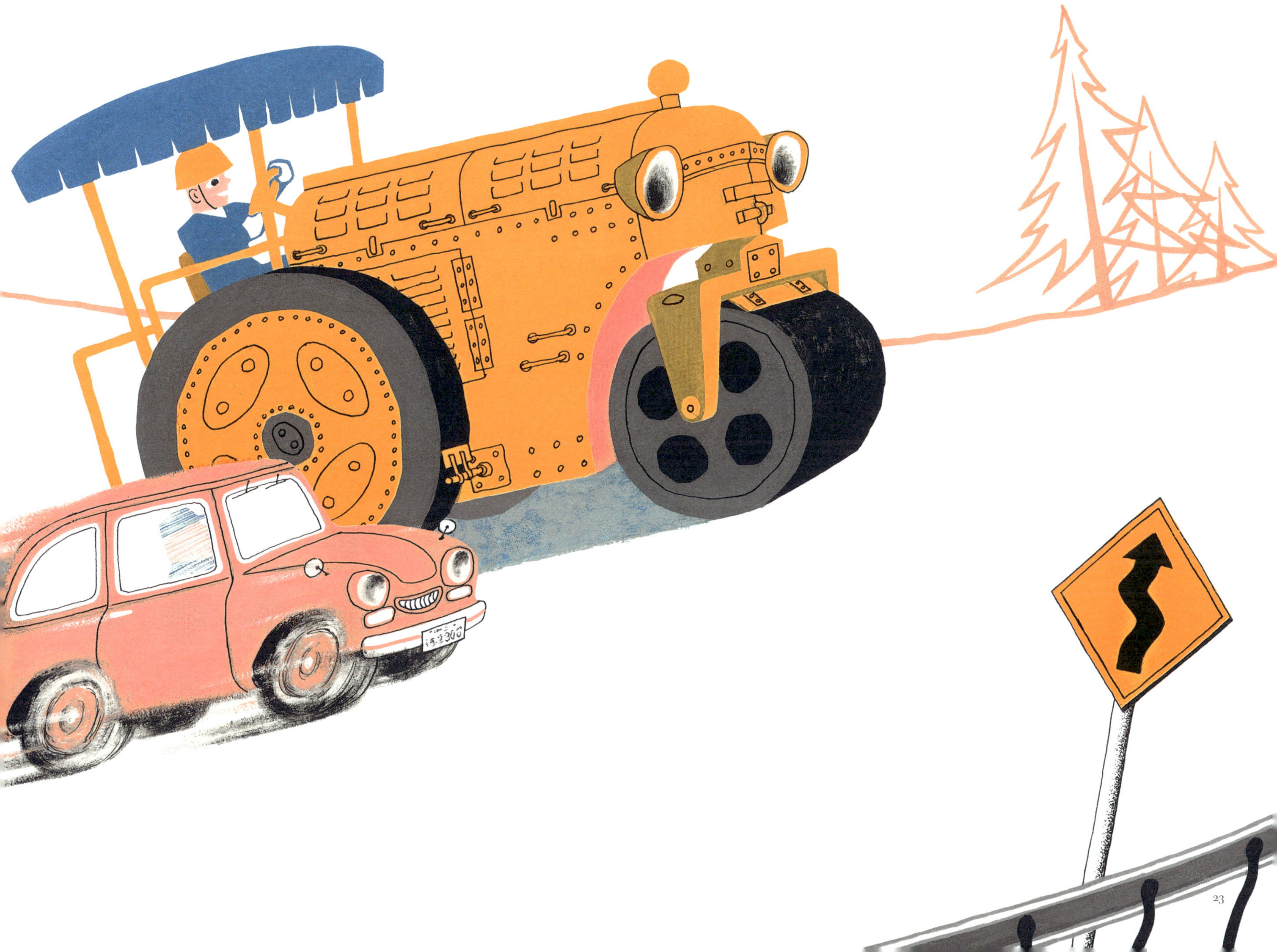

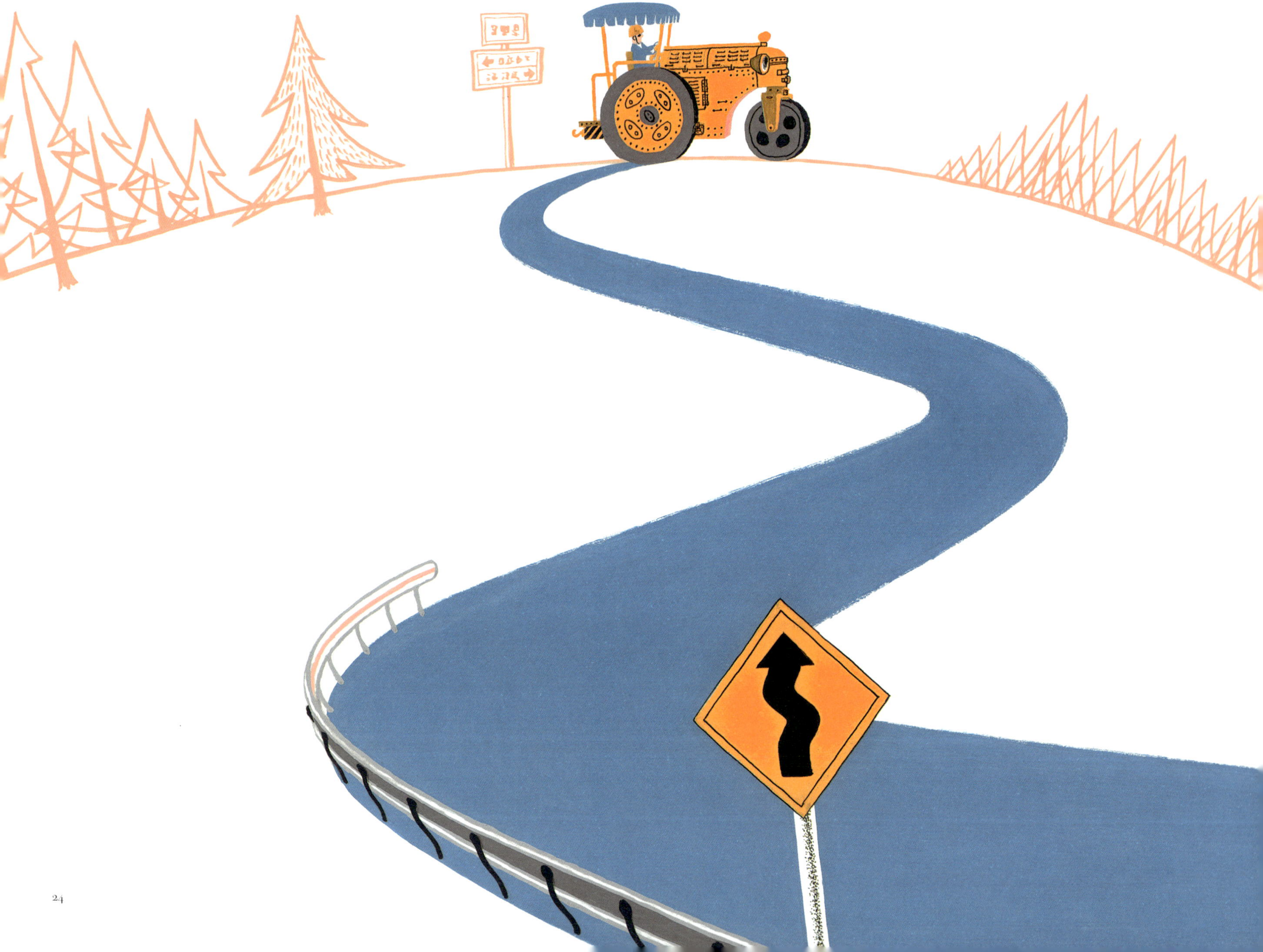

慢悠悠的压路车慢慢地、
慢慢地爬着坡,来到了山上。

然后，顺着变平了的坡道，
压路车又慢慢地从原路回去了。

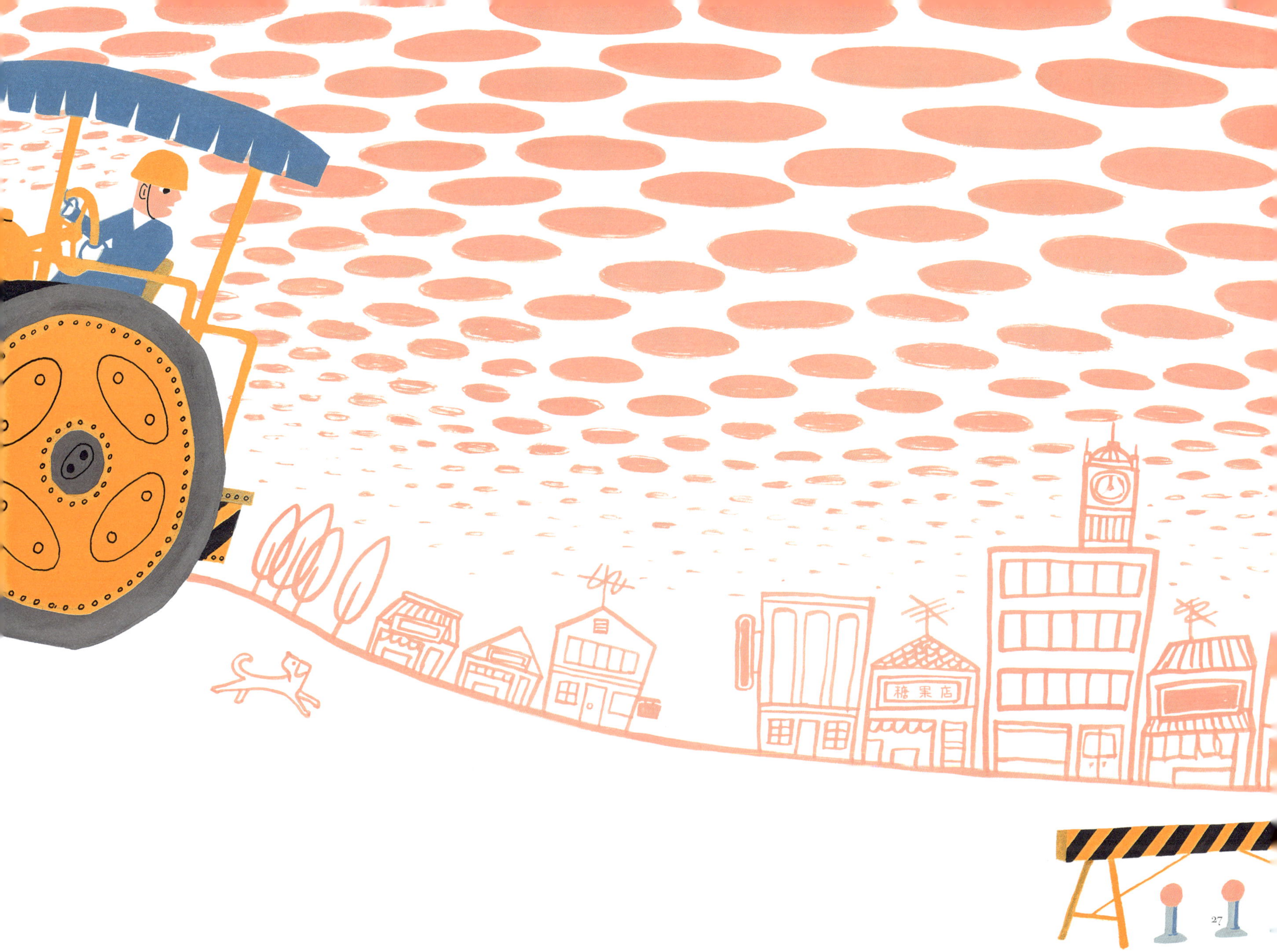
糖果店

图书在版编目（CIP）数据

慢悠悠的压路车 ／（日）小出正吾文 ；（日）山本忠敬图 ；赵峻译. -- 北京 ：北京联合出版公司，2017.1（2024.5 重印）
ISBN 978-7-5502-9342-7

Ⅰ. ①慢… Ⅱ. ①小… ②山… ③赵… Ⅲ. ①儿童故事－图画故事－日本－现代 Ⅳ. ① I313.85

中国版本图书馆 CIP 数据核字 (2017) 第 049760 号

北京市版权局著作权合同登记 图字：01-2017-0551
NOROMA NA ROLLER (A SLOW ROLLER)
Text by Shogo Koide © Kazuhiko Koide 1965
Illustrations by Tadayoshi Yamamoto © Maki Taya, Yoko Yamamoto 1965
Simplified Chinese translation rights arranged with FUKUINKAN SHOTEN PUBLISHERS, INC., Tokyo.
through DAIKOUSHA INC., KAWAGOE.
All rights reserved.

慢悠悠的压路车

作　者：［日］小出正吾　文　［日］山本忠敬　图
译　者：赵　峻
出 品 人：赵红仕
责任编辑：龚　将　夏应鹏
特邀编辑：史英男　张　羲
封面设计：江宛乐
版式设计：王春雪

北京联合出版公司出版
(北京市西城区德外大街 83 号楼 9 层　100088)
新经典发行有限公司发行
电话 (010) 68423599　邮箱 editor@readinglife.com
北京富诚彩色印刷有限公司印刷　新华书店经销
字数 3 千字　787 毫米 ×1092 毫米　1/16　2.25 印张
2017 年 7 月第 1 版　2024 年 5 月第 6 次印刷
ISBN 978-7-5502-9342-7
定价：45.00 元

版权所有，侵权必究

未经许可，不得以任何方式复制或抄袭本书部分或全部内容
本书若有质量问题，请与本公司图书销售中心联系调换。电话：010-68423599